© 2025 Viacom International Inc.
All Rights Reserved. Nickelodeon, Dora and all related titles,
logos and characters are trademarks of Viacom International Inc.

All rights reserved. Published by Scholastic Inc., *Publishers since 1920*. SCHOLASTIC and
associated logos are trademarks and/or registered trademarks of Scholastic Inc.

The publisher does not have any control over and does not assume any
responsibility for author or third-party websites or their content.

No part of this publication may be reproduced, stored in a retrieval system,
or transmitted in any form or by any means, electronic, mechanical, photocopying, recording,
or otherwise, or used to train any artificial intelligence technologies, without written permission
of the publisher. For information regarding permission, write to Scholastic Inc., Attention:
Permissions Department, 557 Broadway, New York, NY 10012.

This book is a work of fiction. Names, characters, places, and incidents are either the
product of the author's imagination or are used fictitiously, and any resemblance to actual
persons, living or dead, business establishments, events, or locales is entirely coincidental.

ISBN 978-1-5461-2026-1

10 9 8 7 6 5 4 3 2 1   25 26 27 28 29

Printed in China   38

First edition 2025

Book design by Martha Maynard

Dora and Boots were planning a *fiesta* for their family and friends. They were decorating *la casa* with colorful balloons.

Dora y Botas planeaban un *party* para sus familiares y amigos. Estaban decorando *the house* con globos de colores.

They were almost finished when Boots felt a tug at the balloons in his hand. It was that sneaky fox, Swiper!

Dora and Boots tried to stop him. "Swiper, no—"

Casi habían terminado cuando Botas sintió un jalón en la mano en la que llevaba los globos. ¡Era el furtivo Zorro!

Dora y Botas trataron de detenerlo.

—Zorro, no...

But they were too late! Swiper swiped the balloons. As he ran away, he tripped and lost his grip. The balloons floated up into the sky.

"Oh, maaan!" he said.

¡Pero fue demasiado tarde! Zorro se llevó los globos. Sin embargo, mientras corría, tropezó y perdió el agarre. Los globos se elevaron flotando hacia el cielo.

—¡Oh, rayos! —dijo Zorro.

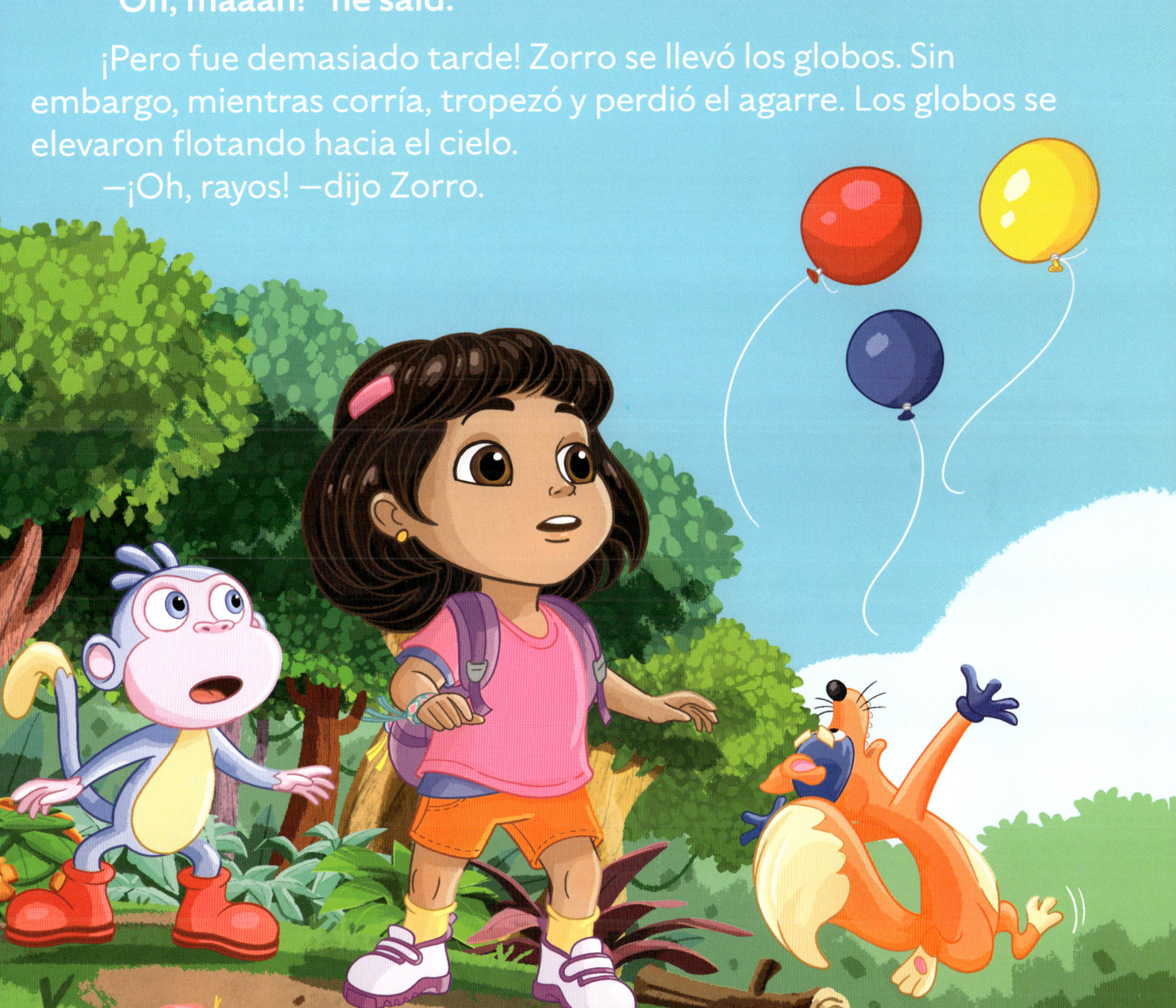

"What do we do?" Boots said. "We need the balloons for our party."

Dora smiled. "Don't worry, Boots. Map can help us find them!"

—¿Qué hacemos? —preguntó Botas—. Necesitamos los globos para la fiesta.

—No te preocupes, Botas. —Dora sonrió—. ¡Mapa puede ayudarnos a encontrarlos!

Map popped out of Dora's backpack. "*¡Soy Mapa!*" she sang. "Let's find those balloons!"

Mapa salió de la mochila de Dora.
—*I'm Map!* —cantó—. ¡Encontremos esos globos!

But there was a problem. Every time Map found the balloons, they floated somewhere new.

"Recalculating," Map said.

Pero había un problema. Cada vez que Mapa encontraba los globos, estos se iban flotando a otro lugar.

—Recalculando —dijo Mapa.

"The wind is blowing the balloons over Grumpy Old Troll's Bridge, through Isa's Flowery Garden, past Benny's Barn, and right to Tico's Nutty Forest!" reported Map.

—¡El viento está soplando los globos en dirección al Puente del Viejo Duende Gruñón, el Jardín Florido de Isa, el Granero de Benny y el Bosque de Nueces de Tico! —informó Mapa.

"*¡Vámonos!* Let's go to Troll Bridge," Dora said.

—*Let's go!* Vayamos al Puente del Viejo Duende Gruñón —dijo Dora.

When Dora and Boots arrived, they saw the balloons floating on the other side of the bridge.

"Before you cross, you must solve my riddle," said Grumpy Old Troll. "Whether you're at a party or at a fair, do balloons float in the water or in the air?"

Cuando Dora y Botas llegaron, vieron los globos flotando al otro lado del puente.

—Antes de cruzar, tienen que resolver mi acertijo —dijo el Viejo Duende Gruñón—. ¿En las fiestas y las ferias los globos están, pero es en el agua o el aire que flotarán?

"Let's think," Dora said. "Balloons float *over* water, but they float *in* the air."

"You solved my riddle!" said Grumpy Old Troll. "Good job! Now you can cross the bridge."

—Pensemos —dijo Dora—. Los globos flotan *sobre* el agua, pero flotan *en* el aire.

—¡Resolvieron mi acertijo! —dijo el Viejo Duende Gruñón—. ¡Bien hecho! Ahora pueden cruzar el puente.

Dora and Boots crossed the bridge only to see the balloons float right into Isa's Flowery Garden.

Dora y Botas cruzaron el puente solo para ver los globos flotar hacia el Jardín Florido de Isa.

Dora and Boots rushed to their friend's garden.
"Isa! We need your help!" Dora called out. "We need to get those balloons back for our *fiesta*!"

Dora y Botas corrieron al jardín de su amiga.
—¡Isa! ¡Necesitamos tu ayuda! —gritó Dora—. ¡Tenemos que recuperar esos globos para nuestro *party*!

"We can use my Bouncy Flowers to reach them," said Isa. "Yeah!" Dora said. "Let's jump up and say '¡Arriba!'"

—Podemos usar mis Flores Saltarinas para alcanzarlos —dijo Isa.
—¡Sí! —dijo Dora—. Saltemos y digamos "*Up!*".

"*¡Arriba!*" called Dora, Boots, and Isa, as they jumped and jumped. But the balloons were still too high to reach.

—*Up!*—gritaron Dora, Botas e Isa, saltando y volviendo a saltar. Pero los globos estaban demasiado altos para alcanzarlos.

Then, another gust of wind blew the balloons toward Benny's Barn.

"Quick! Follow those balloons!" Dora shouted. "*¡Rápido!*"

Entonces, otra ráfaga de viento sopló los globos hacia el Granero de Benny.

—¡Rápido! ¡Sigan a esos globos! —gritó Dora—. *Quick!*

The friends raced to Benny's bright red barn. The balloons were floating above it.

"Benny, we need to get the balloons back before the *fiesta* starts," Boots said.

Los amigos corrieron hacia el granero rojo brillante de Benny. Los globos flotaban sobre el granero.

—Benny, tenemos que recuperar los globos antes de que empiece el *party* —dijo Botas.

"Let me help you reach them," said Benny. "Climb on my back!"

—Los ayudaré a alcanzarlos —dijo Benny—. ¡Súbanse a mi lomo!

Dora, Isa, and Boots stacked on Benny's shoulders like a wobbly tower. But by the time Boots reached the top, the balloons had blown away again!

Dora, Isa y Botas se subieron sobre los hombros de Benny formando una torre tambaleante. ¡Pero cuando Botas llegó a la cima, los globos ya se habían ido volando!

"Map said the balloons were heading toward Tico's Nutty Forest," Dora reminded her friends. "Let's go!"

—Mapa dijo que los globos se dirigían hacia el Bosque de Nueces de Tico —les recordó Dora a sus amigos—. ¡Vámonos!

When they arrived at the Nutty Forest, the balloons had stopped blowing. But their strings were stuck in a muddy puddle.
"We have to grab the balloons before they are pulled under the mud," said Dora.

Cuando llegaron al Bosque de Nueces, los globos se habían detenido. Pero sus cuerdas se habían atascado en un charco de lodo.
—Tenemos que agarrar los globos antes de que terminen en el lodo —dijo Dora.

The friends worked together, but the balloons were too far away.

Los amigos lo intentaron juntos, pero los globos estaban demasiado lejos.

"Maybe Backpack has something that can help us reach them," Dora suggested.

—Tal vez Mochila tenga algo que pueda ayudarnos a alcanzarlos —sugirió Dora.

"I'm Backpack! *¡Mochila!* What can you use to reach the balloons?" Backpack asked. "A bucket, a grabber, or a flashlight?"

—¡Soy Mochila! *Backpack*! ¿Qué pueden usar para alcanzar los globos? —preguntó Mochila—. ¿Un cubo, una pinza o una linterna?

Boots answered, "The grabber! We can use the grabber to reach across the mud."

Backpack smiled. "*¡Sí!* The grabber will help you *grab* the balloons! Great thinking!"

—¡La pinza! Podemos usar la pinza para agarrar los globos en medio del lodo —respondió Botas.

Mochila sonrió.

—*Yes!* ¡La pinza los ayudará a *agarrar* los globos! ¡Bien pensado!

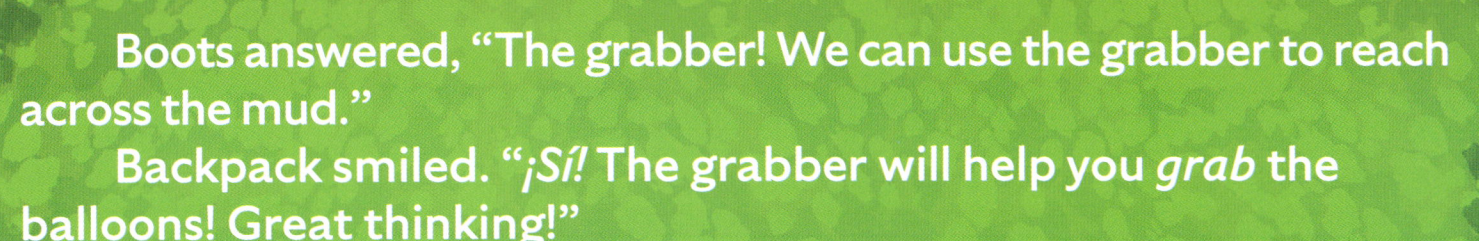

The friends got into a line at the edge of the mud. Boots stretched out the grabber and clamped down on the balloon strings.

"Pull!" Dora yelled.

Los amigos se pusieron alrededor del charco de lodo. Botas extendió la pinza y agarró las cuerdas de los globos.

—¡Halen! —gritó Dora.

The balloons came free from the mud with a *bloop*! Dora and her friends laughed.

"We got our balloons back!" said Dora. Everyone cheered.

¡Los globos se liberaron del lodo con un *glup*! Dora y sus amigos se echaron a reír.

—¡Recuperamos nuestros globos! —dijo Dora. Todos aplaudieron.

"Now it's time to party!" Dora said. "*¡A la fiesta!*"
Everyone jumped in Tico's car, and they sped back to *la casa*.

—¡Llegó la hora de la fiesta! —dijo Dora—. *To the party!*
Todos se subieron al auto de Tico y volvieron a *the house* a toda velocidad.

When they got to Dora's house, her family was waiting for them. Boots placed the balloons with the other decorations. The *fiesta* was about to begin.

Cuando llegaron a casa de Dora, su familia los estaba esperando. Botas colocó los globos con el resto de la decoración. El *party* estaba a punto de empezar.

Just then, they heard a familiar sound.
"Do you hear that?" Boots asked. "It's Swiper!"
"He wants to swipe the balloons again!" Dora said. "We need to stop him this time!"

Justo entonces, oyeron un sonido familiar.
—¿Oyeron eso? —preguntó Botas—. ¡Es Zorro!
—¡Quiere robarse los globos otra vez! —dijo Dora—. ¡Esta vez tenemos que detenerlo!

Dora, Boots, and all their friends put their hands out and chanted, "Swiper, no swiping! Swiper, no swiping! Swiper, no swiping!"

Dora, Botas y todos sus amigos extendieron las manos y corearon: —¡Zorro, no te los lleves! ¡Zorro, no te los lleves! ¡Zorro, no te los lleves!

Swiper snapped his fingers. "Oh, maaan!"
The balloons were saved, and so was *la fiesta*!

Zorro chasqueó los dedos.
—¡Oh, rayos!
¡Los globos se salvaron y *the party* también!

Before Swiper ran off, Dora asked, "Swiper, do you want to join our *fiesta*?"

Swiper's frown turned into a smile. "I'd love to! Yip-yip-yippee!"

—¿Zorro, quieres unirte a nuestro *party*? —le preguntó Dora a Zorro, antes de que saliera corriendo otra vez.

—¡Me encantaría! ¡Yuuuuupiiii! —Zorro sonrió.

"*¡Súper bien!* We did it!" Dora cheered.
Dora's friends and family danced and celebrated—balloons and all!

—*Super great!* ¡Lo conseguimos! —exclamó Dora.
¡Los amigos y familiares de Dora bailaron y celebraron con globos y todo!